CATALOGUE

D'UNE COLLECTION

DE BONS

TABLEAUX

ANCIENS

DES ÉCOLES HOLLANDAISE, FLAMANDE ET FRANÇAISE

Composant le Cabinet de M. E. de SAINCRIC

ANCIEN OFFICIER SUPÉRIEUR DE LA GARDE ROYALE

dont la vente aux enchères publiques aura lieu

HOTEL DES COMMISSAIRES-PRISEURS

RUE DROUOT, N° 5

SALLE N. 2

Le Vendredi 17 Décembre 1858

A 1 heure 1/2 très-précise

Par le ministère de Me **DELBERGUE-CORMONT**, C^e-Priseur
rue de Provence, 6

Assisté de M. **DHIOS**, Appréciateur, rue Le Pelletier, 33

CHEZ LESQUELS SE DISTRIBUE LE PRÉSENT CATALOGUE.

EXPOSITION PUBLIQUE

Le Jeudi 16 Décembre 1858, de midi à 5 heures

PARIS

RENOU ET MAULDE

IMPRIMEURS DE LA COMPAGNIE DES COMMISSAIRES-PRISEURS
Rue de Rivoli, 144

1858

CATALOGUE

D'UNE COLLECTION

DE BONS

TABLEAUX

ANCIENS

DES ÉCOLES HOLLANDAISE, FLAMANDE ET FRANÇAISE

Composant le Cabinet de M. E. de SAINCRIC

ANCIEN OFFICIER SUPÉRIEUR DE LA GARDE ROYALE

dont la vente aux enchères publiques aura lieu

HOTEL DES COMMISSAIRES-PRISEURS

RUE DROUOT, N° 5

SALLE N. 2

Le Vendredi 17 Décembre 1858

A 1 heure 1/2 très-précise

Par le ministère de M° **DELBERGUE-CORMONT**, C°-Priseur
rue de Provence, 8

Assisté de M. **DHIOS**, Appréciateur, rue Le Pelletier, 33

CHEZ LESQUELS SE DISTRIBUE LE PRÉSENT CATALOGUE.

EXPOSITION PUBLIQUE

Le Jeudi 16 Décembre 1858, de midi à 5 heures

PARIS

RENOU ET MAULDE

IMPRIMEURS DE LA COMPAGNIE DES COMMISSAIRES-PRISEURS
Rue de Rivoli, 144

1858

D05417

EXEMPLAIRE DE DHIOS

CATALOGUE

D'UNE COLLECTION

DE BONS

TABLEAUX

ANCIENS

DES ÉCOLES HOLLANDAISE, FLAMANDE ET FRANÇAISE

Composant le Cabinet de M. E. de SAINCRIC

ANCIEN OFFICIER SUPÉRIEUR DE LA GARDE ROYALE

dont la vente aux enchères publiques aura lieu

HOTEL DES COMMISSAIRES-PRISEURS

RUE DROUOT, Nº 5

SALLE N. 2

Le Vendredi 17 Novembre 1858

À 1 heure 1/2 très-précise

Par le ministère de Mᵉ **DELBERGUE-CORMONT**, Cᵉ-Priseur
rue de Provence, 8

Assisté de M. **DHIOS**, Appréciateur, rue Le Pelletier, 33

CHEZ LESQUELS SE DISTRIBUE LE PRÉSENT CATALOGUE.

EXPOSITION PUBLIQUE

Le Jeudi 16 Décembre 1858, de midi à 5 heures

PARIS

RENOU ET MAULDE

IMPRIMEURS DE LA COMPAGNIE DES COMMISSAIRES-PRISEURS
Rue de Rivoli, 144

1858

CONDITIONS DE LA VENTE

Elle sera faite au comptant.

Les acquéreurs paieront, en sus des adjudications, cinq pour cent applicables aux frais.

DÉSIGNATION

DES TABLEAUX

1 — BOUCHER (Signé F.). Allégorie sur le règne de Louis XV. (Grisaille.)

2 — BOURDON (Sébastien). Fête en l'honneur du dieu Pan. Belle composition.

3 — BOURGUIGNON. Paysage et cavaliers.

4 — BOUT (Pierre) et BOUDDEWINS. Paysage et cavaliers.

5 — DES MÊMES. Paysage avec ruines d'architecture orné de figures sur le premier plan.

6 — BRAUWER (Genre de Adrien). Fumeurs.

7 — BREDA (Van). Animaux à l'abreuvoir.

8 — BREYDEL (Le chevalier). Combat de cavalerie.

9 — BERGHEN (École de). Paysage avec animaux.

10 — MÊME (Attribué au). Le Passage du gué.

11 — MÊME (Attribué au). Paysage avec marche d'animaux à l'entrée d'un village.

12 — MÊME (Genre du). Bergers et animaux près de ruines.

13 — MÊME (Genre du). Paysage avec bergers conduisant des ânes.

14 — BREUGHEL (Johan). Paysage, site montagneux.

15 — DU MÊME. Paysage, rivière traversée par un pont orné de figures.

16 — BREUGHEL (Le vieux). A l'entrée d'un village on voit une rivière glacée sur laquelle nombre de villageois viennent patiner.

17 — DU MÊME. La Tentation de saint Antoine.

18 — CALLOT (Attribué à J.). Mendiant.

19 — CARRE (Michel). Paysage, rivière avec chute d'eau orné de figures et animaux.

20 — CARRACHE)Signé Annibal). Paysage orné de fabriques, ponts, figures et animaux.

21 — CARRACHE (École des). Paysage, site d'Italie.

22 — COIPEL (Charles). Jupiter et Junon.

23 — CORRÉGE (École de). La Sainte Vierge entourée d'anges.

24 — CRAESBEKE. Scène d'intérieur avec plusieurs figures.

25 — CUYP (Benjamin). Paysage. Sur le premier plan on voit un groupe de plusieurs figures qui entourent un personnage qui semble être le chef des travailleurs qui viennent de faire la vendange.

26 — DELEN (Van). Intérieur d'un riche palais avec avec personnages autour d'une table.

27 — DIÉTRICH. L'Arracheur de dents.

27 bis — DU MÊME. Intérieur d'estaminet avec buveurs attablés.

28 — DOES (Jacques Van der). Vaches et moutons. (Esquisse.)

29 — DUSSAERT (Corneille). Intérieur de famille.

30 — ECKOUTH (Van). Dalila coupe les cheveux à Samson.

31 — FALENS (Signé Van). La Chasse au cerf.

32 — FETI (Dominique). Portrait d'une sainte; elle est coiffée d'un turban.

33 — FRANCK (de Liège). Scène d'intérieur, effet de lumière.

34 — FRAGONARD (Honoré). Paysage par un temps d'orages, avec figures.

35 — FRANCK (François). Le Christ expirant sur la croix.

36 — FYT (Jean). Gibier mort.

37 — GÉRICAULT (Attribué à). Portrait d'homme. (Le Charretier. Esquisse.)

38 — MÈNE (Attribué au). Chevaux dans une écurie.

30 — GREUZE (J.-B.). Les Comédiens ambulants; derrière un rideau on voit trois acteurs en différents costumes. (Esquisse.)

40 — HAEIIS (Van). Petit paysage avec figures.

41 — HAEKERTH (Jean). Paysage où l'on voit un château-fort gardé par des soldats.

42 — HELMONT (Van). Intérieur d'un corps-de-garde où on voit plusieurs soldats.

43 — HEMSCKERK. Deux Buveurs dans un intérieur font de la musique bachique.

44 — DU MÊME. Intérieur d'estaminet.

45 — DU MÊME. La Tentation de saint Antoine.

46 — DU MÊME. Un Fumeur.

47 — HOREMANS (Jean). Une Servante sert des femmes.

48 — HOLBEIN (Genre de). Portrait d'homme.

49 — HUET (J.-B.). Paysage avec bergères gardant leurs troupeaux.

50 — MÊME (Attribué au). Paysage, laveuses au bord
d'une rivière.

51 — JARDIN (Karel du). Paysage, un cheval et un âne
avec bergers près d'une fontaine.

52 — JORDAENS (Jacques). Bacchus servi par un sa-
tyre.

53 — MÊME (École du). Bacchus enfant.

54 — JEAURAT (Genre de). Les Chiens savants.

55 — KABEL (Van der). Vue d'un port de mer orné
d'un grand nombre de figures.

56 — DU MÊME. Même genre de composition, pendant
du précédent.

57 — KESSEL (Jean Van). Les Singes fumeurs.

58 — DU MÊME. Intérieur d'un corps-de-garde occupé
par des singes habillés en soldats.

59 — DU MÊME. Poissons et autres animaux au bord
de la mer.

60 — LAAR (Pierre de). Le roi des buveurs. Cette
composition est gravée.

61 — LANCRET (Genre de). Deux jeunes bergers cueil-
lent des fleurs et les offrent à des bergères.

62 — LANFRANCHI. Tête de vieillard.

63 — LEBRUN (Charles). Le Calvaire.

64 — LENAIN (École de). Une jeune fille tient une
grappe de raisin, plusieurs jeunes garçons
l'entourent.

65 — MAAS (Arnold Van). Soldats dans une ferme.
Effet de lumière.

66 — MICHEL (Ange des batailles). Fruits divers.

67 — MICHAU. Paysage avec cavaliers.

68 — DU MÊME. Même genre de composition, pendant
du précédent.

69 — MICHEL (manière de Ruysdael). Marine avec barques de pêcheurs animées de figures.

70 — DU MÊME. Même genre de composition, pendant
du précédent.

71 — MIREVELT. Portrait de femme à collerette.

72 — MOLENAER. Paysage près d'une chaumière, plusieurs villageois font la conversation, plus
loin est une rivière glacée où se divertissent
des patineurs.

73 — DU MÊME. Paysage, effet d'hiver.

74 — DU MÊME (signé). Intérieur d'estaminet.

75 — MOLYN (Pierre). Paysage boisé, orné de figures
et cavaliers.

76 — DU MÊME. Paysage, site montagneux.

77 — NEEFS (Peter). Saint Pierre délivré de prison,
on voit l'ange prenant saint Pierre par la
main et lui indiquant le chemin à suivre
pour sortir de la prison; dans le fond des
soldats endormis. (Les figures sont de David
Téniers.)

78 — NETSCHER (attribué à Gaspard). Portrait d'enfant.

79 — OSTADE (d'après Adrien). Intérieur d'une famille hollandaise.

79 bis — DU MÊME (genre). Un fumeur.

80 — OSTADE (Isaak). — Intérieur avec fumeurs.

81 — PANINI (signé). Paysage avec architecture, orné
de figures.

103 — SANTERRE. Portrait d'une jeune dame de la cour de France en costume de pélerine.

104 — SCHOEVAERDTS. Paysage avec monuments d'ar- d'architecture en ruines, où se tient une fête de village.

105 — DU MÊME. Paysage. Bergers gardant leur trou- peau près de ruines. Pendant du précédent.
Ces deux charmants tableaux sont ornés d'un grand nombre de figures.

106 — STEEN (genre de JEAN). Scène d'intérieur.

107 — STOCKLIN. Intérieur d'une église orné de figures.

108 — TÉNIERS (David). Paysage avec chaumière, de- vant laquelle deux villageois sont arrêtés à causer.

109 — MÊME (d'après le). Les peseurs d'or.

110 — MÊME (d'après le). Les forgerons.

111 — MÊME (attribué au). Les joueurs de trictrac.

112 — DU MÊME. Intérieur d'un corps-de-garde. Plu- sieurs soldats s'amusent à jouer, sur le pre- mier plan divers accessoires.

113 — MÊME (attribué au). La femme jalouse.

114 — MÊME (attribué au). Paysage avec chaumière, orné de figures.

115 — DU MÊME (genre). Paysage, devant une chau- mière quatre villageois font la conversation.

116 — DU MÊME (genre). Paysage avec chaumière, devant laquelle est un chemin où sont plu- sieurs villageois.

117 — TÉNIERS (David), le vieux. Des pêcheurs sur une barque, retirent leurs filets de la rivière.

118 — DU MÊME. Intérieur. Le pédicure.

119 — Du même. Assemblée de buveurs et fumeurs dans un intérieur.

120 — Du même. Intérieur flamand.

121 — Téniers (Abraham). L'Accordée de village.

122 — Vénius (Otto). Une Sainte chante les louanges du Seigneur.

123 — Velde (attribué à Guillaume de). Marine avec barques de pêcheurs.

124 — Verdussen. Paysage avec animaux et figures de cavaliers.

125 — Du même. Paysage avec cavalier blessé.

126 — Vertaghen (Daniel). Paysage avec baigneuses.

127 — Watteau (attr. à Ant.). Deux hommes et une jeune fille font enrager un chat qu'ils cherchent à mettre dans un sac. Composition gravée.

128 — Weth (de). La Délivrance de saint Pierre.

129 — Wouwermans (Jean). Paysage avec figures.

130 — Wouwermans (genre de Philippe). Halte de cavaliers près d'une tente.

131 — Zorg. Intérieur de cuisine avec figures.

132 — École allemande. L'Adoration des mages.

133 — Même école. La Tentation de saint Antoine.

134 — Même école. Intérieur de cabaret.

135 — École française. Bacchantes et Amours. Grisaille.

136 — Même école. Les trois Grâces.

137 — Même école. Mercure entouré de figures de la fable. Grisaille, pendant du précédent.

138 — École hollandaise. Assemblée de buveurs.

139 — École italienne. Plusieurs saints à la porte d'un temple, sont à genoux devant une sainte femme.

140 — MÊME ÉCOLE. Vue d'un port de mer italien. Composition animée d'un grand nombre de figures.

141 — MÊME ÉCOLE. Même genre de composition. Pendant du précédent.

142 — MÊME ÉCOLE. Vulcain forgeant les armes d'Achile que Vénus vient lui demander.

143 — ÉCOLE RUSSE. La Vierge tenant l'Enfant Jésus dans ses bras.

144 — ÉCOLE VÉNITIENNE. Portrait d'homme.

RENOU et MAULDE, imprimeurs de la Compagnie des Commissaires-Priseurs, rue de Rivoli, 144.